AMAR,
A MAIS ALTA CONSTELAÇÃO

CARLOS NEJAR

AMAR,
A MAIS ALTA CONSTELAÇÃO

SONETOS

JOSÉ OLYMPIO
EDITORA

©*Carlos Nejar, 1991*

Reservam-se os direitos desta edição à
LIVRARIA JOSÉ OLYMPIO EDITORA S.A.
Rua Marquês de Olinda, 12
Rio de Janeiro, RJ — República Federativa do Brasil
Printed in Brazil / Impresso no Brasil

ISBN 85-03-00370-8

Capa e arte-final
JOATAN SOUZA DA SILVA
(capa baseada no quadro *Idade da eternidade,* de
CORA TORRES, em foto de FERNANDO M. BRENTANO)

Editoração
FÁBIO FERNANDES DA SILVA
FÁTIMA PIRES DOS SANTOS

Diagramação
ANTONIO HERRANZ

Revisão
ANDÓCIDES BORGES DE LEMOS, FILHO
MARCO ANTONIO CORRÊA
JOAQUIM DA COSTA
FÁTIMA CARONI

CIP-Brasil. Catalogação-na-fonte
Sindicato Nacional dos Editores de Livros, RJ

N339s
Nejar, Carlos, 1939-
    Amar, a mais alta constelação: sonetos / de Carlos Nejar. — Rio de Janeiro: José Olympio, 1991.

    Dados biobibliográficos do autor.

    1. Poesia brasileira. I. Título.

91-0344

CDD — 869.91
CDU — 869.0(8

> Põe-me como selo sobre o teu coração (...)
> SALOMÃO, *Cantares*, 8:6

> *A tune upon the blue guitar*
> *of things exactly as they are.*
> WALLACE STEVENS

SUMÁRIO

DADOS BIOBIBLIOGRÁFICOS DO AUTOR xi

AMAR,
A MAIS ALTA CONSTELAÇÃO

Soltos de imensidão	3
Os dons	4
Velha corda	5
Percalços	6
A loucura é mãe	7
Minha família	8
A mesa posta	9
Lâmpada marinha	10
Os meus sentidos	11
Sonâmbulos	12
Impronunciado	13
Proa mergulhada	14
Entre os gerânios	15
Aniversariamos nuvens	16
Abandonei-me ao vento	17
Figurantes	18
As tranças de papel	19
Perfil	20
Depuração	21
Humano peso	22
Tartaruga	23

Clara onda	24
Árvore que canta	25
O dia jogado	26
Dilúvio	27
Palavras junto à porta	28
A foz e o curso	29
Lenhos e prados	30
Solo natal	31
Este cavalo	32
Caixa de música	33
Não cansa o amor	34
O peso da terra/I	35
O peso da terra/II	36
Sortilégio	37
Virgílio Maro	38
Orfeu caído	39
Dimensões	40
Paris (1989)	41
Herbário	42
Serões de sentidos plenos	43
Formoso é o fogo	44
A casa memoriosa	45
Sintaxe	46
Repuxos cegos	47
Os focinhos rupestres	48
Dormirei de novo	49
A bicicleta	50
As uvas musicais	51
Poemas e sapatos	52
Sineta	53
Artigo de menor aflição	54
Avaros	55
Borregos e meses	56
Cabras monteses	57
Monjolo	58
Javalis miraculosos	59
Clavicórdio	60

Rio encarcerado 61
Lentidão do arvoredo 62
O som, a palavra, o grito 63
Vassalos 64
Nudez 65
Amar na luz 66
Arco-íris 67
Diamante 68
Escarpa 69
Rocinante 70
A um passo 71
Água-furtada 72
Quando a manhã retarda 73
O nevoeiro cego 74
Quando 75
O mais sofrido 76
A luz não se conforma 77
No imóvel redemoinho 78
Cruezas da fortuna 79
Soneto aos sapatos quietos 80
Colofão 81

*Dados
biobibliográficos
do autor*

CARLOS NEJAR é o nome literário de Luiz Carlos Verzoni Nejar, nascido aos 11 de janeiro de 1939, em Porto Alegre, RS. Realizou os estudos primários e secundários no Colégio do Rosário, em Porto Alegre. Formou-se em ciências jurídicas e sociais na Pontifícia Universidade Católica do Rio Grande do Sul, em 1962. No ano seguinte, ingressou no ministério público gaúcho, mediante concurso, tendo atuado em várias comarcas: Pinheiro Machado, Uruguaiana, Taquari, Itaqui, Erexim, Estrela, São Jerônimo, Caxias do Sul. Conheceu palmo a palmo o Rio Grande e os seus viventes ou personagens. E como o poeta mesmo o refere, em entrevista: "Era preciso escutar cantando os seres anônimos do pampa. A terra nos reconhece de longe, de nascença."

Na capital do seu estado, foi curador dos Registros Públicos, do Conselho Penitenciário e da Fundação de Economia e Estatística. Foi assessor do procurador geral da Justiça; funcionou nas inúmeras câmaras criminais e civis do Tribunal de Justiça do Rio Grande. É procurador de Justiça, atualmente radicado em Vitória. Esteve várias vezes em Lisboa, em trabalhos culturais, a convite da Fundação Calouste Gulbenkian. Residiu durante o ano de 1983 em Portugal, também para aperfeiçoar-se juridicamente junto ao Centro de Estudos Judiciários e à Procuradoria da República lusitana. Tem vários livros traduzidos no exterior, participando igualmente de antologias. É detentor do Prêmio Jorge de Lima do Instituto Nacional do Livro, do Prêmio Luísa Cláudio de Souza do Pen Clube do Brasil, do Prêmio Fernando Chinaglia da União Brasileira de Escritores, e de outros significativos prêmios literários. Há quatro livros publicados *sobre a sua obra, sendo o mais recente apresentado e organizado pelo dr. Giovanni Pontiero, doutor em literatura latino-americana da Universidade de Manchester* (Carlos Nejar, poeta e pensador), *com a seleção de importantes ensaios críticos. E os textos de Nejar são adotados nas universidades, como aliás há de ser o presente volume.*

A respeito de seu canto coletivo, *em livro anterior, manifestou-se Antônio Hohlfeldt na revista* Europe *(agosto/setembro de 1982, França): "A poesia épica de Nejar inova no sentido de que não somente identifica o herói em pessoa, porém, mais do que isso: identifica esse conjunto com o próprio povo" (...) "Esta criação é essencialmente popular, pois o herói pertence plenamente a seu meio social, age em função dele, procura nele tanto sua justificação quanto sua responsabilidade."*

Considerado um dos maiores poetas brasileiros deste final de século, por críticos da estatura de Tristão de Athayde, Léo Gilson Ribeiro, Fernando Py. Ou "dos grandes nomes da poesia brasileira de todos os tempos e não apenas da contemporânea" — no dizer de Franklin de Oliveira. "A linguagem de Nejar tem qualquer coisa de labareda", acrescenta o mencionado ensaísta. "Consome, ao mesmo tempo que ilumina, as experiências humanas fixadas no seu canto."

É sucessor de Raul Bopp no Pen Clube do Brasil. Desde 9 de maio de 1989, ocupa a cadeira n.º 4, da Academia Brasileira de Letras, onde foi eleito para a vaga do gaúcho Vianna Moog.

Em julho de 1990, comemorou Trinta Anos de Poesia.

OBRA

A. LIVROS

Sélesis. Porto Alegre, Globo, 1960.
Livro de Silbion. Porto Alegre, Difusão de Cultura, 1963.
Livro do tempo. Porto Alegre, Champagnat, 1965.
O campeador e o vento. Porto Alegre, Sulina, 1966.
Danações. Rio de Janeiro, José Álvaro, 1969.
Ordenações (I, II). Porto Alegre, Galaad, 1969.
Ordenações (I, II, III, IV). Porto Alegre, Globo, 1971. Prêmio Jorge de Lima, do Instituto Nacional do Livro, para a obra inédita *(Ordenação quarta: arrolamento),* do ano de 1970 (em convênio com o INL).
Canga (Jesualdo Monte). Rio de Janeiro, Civilização Brasileira, 1971.
Casa dos arreios. Porto Alegre, Globo, 1973 (em convênio com o INL).
O poço do calabouço. Círculo de Poesia. Lisboa, Moraes, 1974 [esg.]. No mesmo ano, recebeu o Prêmio Fernando Chinaglia para a melhor obra publicada no referido ano, concedido pela União Brasileira de Escritores.
O poço do calabouço. Rio de Janeiro, Salamandra, 1977; 2.ª ed., 1980; 3.ª ed., Rio de Janeiro, Record, 1983.
De Sélesis a Danações (2.ª ed. dos cinco primeiros livros). Coleção Sélesis, São Paulo, Quíron, 1975 (em convênio com o INL) [esg.].
Somos poucos. Rio de Janeiro, Crítica, 1976.
Árvore do mundo. Rio de Janeiro/ Brasília, Nova Aguilar/INL, 1977; 2.ª ed., Rio de Janeiro, Nova Fronteira, 1977. Prêmio Luísa Cláudio de Souza, do Pen Clube do Brasil, como melhor obra publicada no gênero poesia, em 1977 [esg.].
O chapéu das estações. Rio de Janeiro. Nova Fronteira, 1978.
O poço do calabouço, Árvore do mundo e *O chapéu das estações* (num só volume). São Paulo, Círculo do Livro, 1979 [esg.].
Os viventes. Rio de Janeiro, Nova Fronteira, 1979.
Um país o coração. Rio de Janeiro, Nova Fronteira, 1980.
Obra poética I (Sélesis, Livro de Silbion, Livro do tempo, O campeador e o vento, Danações, Ordenações, Canga, Casa dos arreios, Somos poucos e *A ferocidade das coisas,* inédito este último). Rio de Janeiro, Nova Fronteira, 1980. Prêmio Érico Veríssimo. Câmara Municipal de Porto Alegre, 1981.
Fausto, As Parcas, Joana das Vozes, Miguel Pampa e Ulisses (Poemas dramáticos). Rio de Janeiro, Record, 1983.
Livro de gazéis. Lisboa, Moraes, 1983.
O menino rio (Coleção O menino poeta). Porto Alegre, Mercado Aberto, 1984.
Livro de gazéis, Rio de Janeiro, Record, 1984.
Vozes do Brasil. Rio de Janeiro, José Olympio, 1984.
Memórias do porão. Rio de Janeiro, José Olympio, 1985.
Os melhores poemas de Carlos Nejar. São Paulo, Global, 1984 [esg.].
Fausto (2.ª ed., bilíngüe ao alemão *Faust,* trad. de Kurt Scharf). Porto Alegre, Tchê, 1987.

A genealogia da palavra (antologia pessoal). São Paulo, Iluminuras, 1989.
Era um vento muito branco (infanto-juvenil). Prêmio Monteiro Lobato, Rio de Janeiro, Globo, 1987.
Zão (infanto-juvenil). Prêmio da Associação Paulista de Críticos de Arte, São Paulo, Melhoramentos, 1988.
A formiga metafísica (infanto-juvenil). Rio de Janeiro, Globo, 1988.
Sonetos. Rio de Janeiro, José Olympio, 1990.

B. ANTOLOGIAS
(onde estão incluídos seus poemas)

A novíssima poesia brasileira (organizada por Walmir Ayala). Série 2ª, Rio de Janeiro, Cadernos Brasileiros, 1962.
Antologia da literatura rio-grandense contemporânea (organizada por Antônio Hohlfeldt). Porto Alegre, L&PM, vol. 2, 1979.
Cinco poetas gaúchos (antologia). Porto Alegre, Assembléia Legislativa, 1977.
Histórias de vinho (vários colaboradores). Porto Alegre, L&PM, 1980.
La poesía brasileña en la actualidad (organizada por Gilberto Mendonça Teles). Montevidéu, Letras, 1969.
Las voces solidarias (organizada e traduzida por Santiago Kovadloff). Buenos Aires, Calicanto, 1978.
Poemas (trad. de Pérez Só, em *Poesía*, n? 42). Carbobo (Venezuela), Valencia, 1978.
Dois poetas novos do Brasil (antologia com Armindo Trevisan). Círculo de Poesia, Lisboa, Moraes, 1972.
Antologia da novíssima poesia brasileira (organizada por Gramiro de Mota e Manuel de Seabra). Lisboa, Horizonte, 1981.
Antologia do Círculo de Poesia (organizada por Pedro Tamen). Lisboa, Moraes, 1977.
Lateinamerika — Stimmen eines Kontinents (antologia de literatura latino-americana, organizada, traduzida e com estudos de Günter W. Lorenz. Erdmann). Basiléia, Editorial Basiléia, 1974.
Brasilianische Poesie des 20. Jahrhunderts (poesia brasileira do século XX. Antologia organizada, traduzida e com estudos de Curt Meyer-Clason). Berlim, Deutsches Taschenbuch Verlag, 1975.
The tree of the world (antologia). Trad. do dr. Giovanni Pontiero. An International Anthology of Prose & Poetry, n? 40, *New Directions*, USA, 1980.
Anthologie de la nouvelle poésie brésilienne (présentation de Serge Bourjea, trad. de Arminda de Souza Aguiar). Paris, L'Harmattan, 1988.
Anthologie de la poésie brésilienne (trad. de Bernard Lorraine). Paris, Ouvrières, Desain et Tolra, 1986.
Savremena poezija (em sueco). Izabrao, priredio Andre Kisil; prevela i prepevala portugaiskog Nina Marinovic-Krusevac: Bagdala, 1987.
Poems from Canga (Antologia, trad. do dr. Giovanni Pontiero). Latin American Literature and Arts, *Review* n? 28, january/april 1981.
Yoke (Canga): Jesualdo Monte (trad. de Madeleine Picciotto). *Quarterly Review of Literature*, Poetry Series III, Edited by T. & R. Weiss, Volume XXII, Princeton, New Jersey, USA, 1981.
World literature today (trad. de Richard Preto Rodas). Formely Books Abroad, University of Oklahoma, USA, Winter 79, vol. 53.
A idade da eternidade (antologia organizada por Antônio Osório), Porto, Gota de Água, 1981.
Dieser Tag Voller Vulcane (trad. de Kurt Scharf), Verlag im Bauernhaus, 1984.

C. ANTOLOGIAS
(que organizou)

Antologia de um emigrante do paraíso (Antônio Osório, com prefácio introdutório). São Paulo, Massao-Ohno, 1981.

Antologia da poesia portuguesa contemporânea (a partir de Victorino Nemésio). Apresentação, seleção de poemas, dados biográficos e bibliográficos. São Paulo, Massao-Ohno, 1982.

Antologia da poesia brasileira contemporânea (a partir de 1945). Seleção de poemas e notas biobibliográficas dos autores. Prefácio de Eduardo Portella. Lisboa, Imprensa Nacional e Casa da Moeda, 1986.

D. COMPOSIÇÕES MUSICAIS
(sobre poemas do autor)

Ellwanger, Raul (música popular). Disco da Esaec, onde consta a letra de *Cortejo*.

Kiefer, Bruno. "O vento é quando?" (voz grave e piano), 1971.
— "Vem o vento" (voz aguda e quatro violoncelos), 1973.
— "Secaram o corpo" (SATB), 1974.
— "Testemunho" (SATB). Porto Alegre, Movimento, 1975.
— "Cântico" (SATB). Porto Alegre, Movimento, 1975.
— "Alistamento" (SATB), 1973.
— "Quando os ventos chegarem" (SATB), 1974.
— "Campeadores" (coro e orquestra sinfônica), 1974.
— "Situação", de *O poço do calabouço* (SATB), 1976.
— "O exílio" (voz grave, clarinete e piano). "Poema da devastação" (voz grave, clarinete e piano) e "Estão enferrujados" (voz grave, clarinete e piano) fazem parte do disco *Recital*, de vários compositores brasileiros, Ricordi Brasileira SAEC, 1978.

Licks, José Rogério. O poema "Carregamento" integra o disco publicado na Alemanha: *Solombra*. Intercord, 1980.

E. TRADUÇÕES
(realizadas pelo autor)

Ficções de Jorge Luis Borges. Porto Alegre, Globo, 1970.

Elogio de sombra (trad. em parceria com Alfredo Jacques). Porto Alegre, Globo, 1971.

Memorial de ilha Negra de Pablo Neruda (vol. 1: *Onde nasce a chuva*). Prêmio da melhor tradução do ano, concedido pela Associação Paulista de Críticos de Arte. Rio de Janeiro, Salamandra, 1977.

Memorial de ilha Negra completo, 2.ª ed., Rio de Janeiro, Salamandra, 1980.

Cem sonetos de amor. 8.ª ed., Porto Alegre, L&PM, 1979.

As uvas e o vento, Porto Alegre, L&PM, 1980.

F. BIBLIOGRAFIA SOBRE O AUTOR

Coelho, Nelly Novaes. *Carlos Nejar e "A geração de 60"* (coleção Escritores de Hoje), São Paulo, Saraiva, 1971.

Coronado, Guillermo de la Cruz. *O espessamento poemático em Carlos Nejar*. São Paulo, Faculdade de Filosofia, Ciências e Letras de São José do Rio Preto, 1977. E nova edição atualizada pelas Edições Universidade do Rio Grande do Sul (URGS), Porto Alegre, 1981.

Instituto Estadual do Livro (Rio Grande do Sul). *Carlos Nejar*, Autores Gaúchos, n.º 8, 1985.

Reichmann, Ernani e Linhares, Temístocles. *Poética de Carlos Nejar*. Curitiba, Imprensa da Universidade Federal do Paraná, 1973.

Pontiero, Giovanni. Ensaios escolhidos. Seleção com introdução crítica. *Carlos Nejar, poeta e pensador*. Edições Porto Alegre, Divisão de Cultura, Prefeitura Municipal de Porto Alegre, 1983.

Os personae — poemas de Carlos Nejar. (trad. do inglês por Patrícia Bins), Porto Alegre, Tchê, 1986.

AMAR,
A MAIS ALTA CONSTELAÇÃO

SOLTOS DE IMENSIDÃO

Os anos, Elza, já não gravam nada,
porque gravamos nós o tempo todo.
O teu cuidar, faz-me animar o fogo
e cada dia em nós, jamais se apaga.

Provados somos e o provar é um gomo
desta romã partida pelas águas.
Somos o fruto, somos a dentada
e a madureza de ir no mesmo sonho.

Os anos, Elza, não consertam mágoas,
mas as mágoas não correm, se corremos.
Não encanece a luz, onde são remos

da limpa madrugada, os nossos corpos.
Amamos. No existir estamos soltos,
soltos de imensidão entre as palavras.

OS DONS

Por entre os dons, não há no amor, o lume
que, de igualar, nos urde. Quem aclara
no inverno, o verão, o outono, a rara
primavera? Na soma se presume.

Por entre os dons, o deste amor nos une.
Não há mais rugas, por romper o espelho?
Infante é o coração e, às vezes, velho.
Frouxos os olhos. O que a dor não pune,

não cabe a nós punir. Humanos, almos,
o avesso é um penedo recoberto
onde o navio naufraga. Transitórios,

afagamos o eterno — ledos, calmos.
O mundo não deságua sobre o verso,
se não me ajusto nele, quando choro.

VELHA CORDA

Ajustado me sinto à velha corda
com a mesma afeição de um condenado
que beija o fio de sua própria obra
e nela enrola e é desenrolado

até o fim de minuciosa hora
e o começo de outra, como sobra
ou carência de amor e a morte morda
os casulos de pó, presos na aurora.

Anoitado me sinto, envelhecido
na árvore que desce e agora sobe
com meus olhos achados e perdidos.

Perdoa-me, Senhor, abraço a corda
que me há-de matar e amo a vida
que faz no tronco a alma desmedida.

PERCALÇOS

É vida o amor, é vida a morte, é vida?
Se me encantei, andei desencantado
e a corda, quem me pôs, foi-me deixando
até o amor ser foz, por onde os seixos

rodam polias nos polidos eixos
de marés e percalços. Não tem quando,
o que é sempre, o que sempre se refrata.
A morte não se cumpre dividida.

Nem dividido é o tempo, em que se acaba.
Nem o prazer pode nutrir prazer,
se a dor em pleno gozo se consagra.

E a corda é a mesma onda, a mesma faca.
Em onda, em faca, a árvore desaba.
Que não perece a vida, se morrer.

A LOUCURA É MÃE

De uma loucura a outra, fui marujo.
De geração em geração, possesso.
E a loucura ditou-me o universo
mas este me deitou no seu marulho,

nos búzios assoprados neste verso,
depois levado adiante sem refúgio,
sem úmidos conselhos. Não aceito
ver os traços do mar num caramujo.

Loucura se faz mãe quando amamenta
nos ubres de seu chão o filho antigo,
aninhando na luz a vestimenta.

E já lançou aos céus absurdo nome
de alguma solidão, gume, perigo.
A loucura se foi. Regressa o homem.

MINHA FAMÍLIA

Minha família é aqui, onde não caibo.
O meu pai é o tempo companheiro.
A âncora, estes mapas, o veleiro
de caminhos sofridos, sem o laivo

de trilhar ou esquecer algum roteiro.
Minha família, aqui. Além os tardos
acenos, os tambores, os afagos,
os apertos de mão, o corpo inteiro.

Minha família eu ouço na palavra
e cheiro na manhã onde repousa
e lavo na tarde, nos domingos.

Pois não é tão remota a sua Casa:
a esposa se acende pelos vincos
e o pensamento range em cada coisa.

A MESA POSTA

Minha família é aqui. O dia moço.
A mesa, o peixe, o vinho, o pão do vento
e o vento junto aos pés e o cão, o osso,
outro vento tangido se entretendo.

E os filhos: povoados, rios e montes
retidos na toalha deste invento.
No canto, há um vaso de horizonte
e a morte se despede para dentro

do coração. A sala já gorjeia.
E as bocas, os aromas, as cigarras.
O sol no pão, os dentes, vãos e veias.

A morte se despede, quando a fala
é arruela de poço. E no reboco
passam restos de vento rodopiando.

LÂMPADA MARINHA

Minha infância é uma lâmpada marinha,
um jogo de armar. Dissimulava
figuras e cavalos, reis, rainhas.
E a ira dos deuses, essa larva.

O mar, borboleta na janela
para o menino que o vislumbrava.
E a borboleta ia, maré-cheia
e o mar ia nele e não voltava.

E o menino: que deus o acalentava?
Ou que temores nas sandálias iam?
E nos brinquedos, o amor aldrava

de uma porta de ondas e de sinos.
O menino sabia que era lava
e queimava, pavio, devagarinho.

OS MEUS SENTIDOS

Um dia vi Deus numa palavra
e luminosa despontava, argila.
E Deus vagueava tudo, aquietava
as numinosas letras, quase em fila.

E depois se banhava nesta ilha
de bosques e bilênios. Clareava
as formigas noctâmbulas da fala.
E nele os meus sentidos se nutriam.

Os meus sentidos eram coelhos ébrios
na verdura de Deus entretecidos.
A palavra empurrava o que era cego,

a palavra luzia nos sentidos.
E Deus nas vistas do menino, roda
e roda nos olhos da palavra.

SONÂMBULOS

Ditosos, perseguíamos os ninhos
de sabiás no mato vespertino
extraviados, às vezes, neste vinho
capitoso das folhas. Possuí-los

imaginava em febre este menino
e aos ovos errantes. Vinham juncos,
cipós amordaçados. O que junto,
no ar é separável. Como guizos

os ninhos tilintavam e terríveis
tentávamos colhê-los num assalto
ao imprevisto peito sopesado.

Mas o amor de menino é tão sonâmbulo
que se abisma no amor e o ser amado
se dissipa na sombra como um sopro.

IMPRONUNCIADO

Calemo-nos. O amor
se alimenta silêncio.
As nossas mãos, os corpos,
a alma e estes verdes,

que, pelo monte, manam
e do cristal o peso
que sustamos, nascendo.
E o que, planos, plantamos.

E o só calar é amor.
E nós nos depuramos
no ileso, no secreto,

no mais: aquele espesso,
onde não somos nós
mas somos o silêncio.

PROA MERGULHADA

Com as coisas mais simples, silenciosas,
a casa com seus hábitos. A onda
que se compraz a descansar na água.
Pelo ar inefável, sobem rosas

de um jarro: te amo. A mesa tão redonda
que, na manhã, é proa mergulhada.
O café, junto ao leite quente, quente;
sua xícara suspensa na inocência.

E o pão cortado, a fala destilada
sob a luz. Era o tempo, sua ciência
de ir sem ser levado. Segurava

no bico do silêncio: amor, amada.
Falamos sabiás, folhas e nadas.
O sol por dentro, o galo da palavra.

ENTRE OS GERÂNIOS

Entre os gerânios, ias sossegada
dormindo. Ao vento fundo sob a tarde,
o lento cotovelo te apertava
e junto à laje, a casa rodopiava.

Cheiros de malva iam. Encanada
era a lua na axila de laranjas
e vozes. A nudez limpa da água
pelo muro rilhava com suas franjas.

Dormíamos as almas, se entornavam
os corpos. Se achegavam neste embarque
para a perdida foz de antigos barcos.

E vazavam as almas, iam juntas,
velozes, ao rolar do sono, o baque
da noite num gerânio de perguntas.

ANIVERSARIAMOS NUVENS

Aniversariamos nuvens, tantas vezes,
nossa pendência humana, gotejava
a doce luz no gonzo das aldravas
e as orelhas de chuva pelos meses

ouviam. Pelo azul confidenciava
esta orelha sutil de um tamarindo
perto do coração: o musgo, a pedra.
A sombra dos ouvidos vai-se abrindo.

Esta orelha de seres consumidos
e inconsumíveis, esta orelha de ervas.
A orelha imponderável do universo

em nós posta, a semente posta em levas,
nas coisas mais humildes, sobre o verso.
Nós aniversariamos pedras, gritos.

ABANDONEI-ME AO VENTO

Abandonei-me ao vento. Quem sou, pode
explicar-te o vento que me invade.
E já perdi o nome ao som da morte,
ganhei um outro livre, que me sabe

quando me levantar e o corpo solte
o seu despojo vão. Em toda a parte
o vento há-de soprar, onde não cabe
a morte mais. A morte a morte explode.

E os seus fragmentos caem na viração
e o que ela foi na pedra se consome.
Abandonei-me ao vento como um grão.

Sem a opressão dos ganhos, utensílio,
abandonei-me. E assim fiquei conciso,
eterno. Mas o amor guardou meu nome.

FIGURANTES

Palavras me brincavam de criança,
por mim escorregavam turbulentas
e saltavam libertas da placenta
como ancestrais na sua dor ou dança.

Palavras eram vespas e besouros,
anjos eram, depois trigais intensos.
Palavras tomo: alfaces e repolhos
com suas plumas vegetais, alentos.

E as vogais modorrentas, as consoantes
de cama e de farnel, as ilibadas
donzelas, damas, servas, muito antes

de alegres respirarem. Calejadas.
Palavras alvas, doidas. Figurantes.
A mesma cena mas alguém me salva.

AS TRANÇAS DE PAPEL

Pode salvar o amor qualquer pretexto,
uma esquiva bondade, a flor de um pátio
e o pátio da flor dentro do peito.
Pode salvar o amor um simples átrio,

a carena de um gesto, sedimento
entre escuro relâmpago e preságio.
As tranças de papel por testamento
na escrita funâmbula dos lábios.

Pode salvar o amor, o que está salvo?
Ou nunca foi: é cinza este cuidado.
Pode, acaso, salvar o enterrado

com as nuvens, as plantas? Está salvo
numa conversa, no incivil recado.
O amor pode ser salvo no silêncio.

PERFIL

Matar o amor é ir morrendo nele,
até que de morrer não reste o escasso
sortilégio da carne. Ou se revele
a campa, a tampa, o rasurado lastro

de cravo e cacto. E ao perder, não sele
outro cavalo, a morte, em outro laço,
prendendo em dura mão do lance o ele.
Encilha-se o cavalo, onde me gasto.

Morrer no amor é não saber perdê-lo.
E a vida é muita morte. Nada escapa
de seu perfil. Pode acertar no erro

e pode em dor chover. Morremos cedo.
Morremos sem morrer. O amor é falta.
E matamos o tempo, que nos mata.

DEPURAÇÃO

Por que o menino em mim é tão insone,
coberto de séculos, moinhos?
O menino depura o ar do homem
e na morte não deixa ele sozinho.

E nem a eternidade, esta azinheira
florida nos úmeros e linhos.
O menino perdeu-se numa feira
e o homem se privou da luz ao tino.

Pois o homem perece, enquanto brota
o limo da infância na planície
de vivos e mortos. E se esgota.

O menino depõe nos seus sapatos
as pegadas incaicas da velhice.
Onde andará no velho estes espaços?

HUMANO PESO

Os sonhos não os têm só quem navega
ou tenta navegar no vento aceso,
mas quem por entre abismos fica ileso
como se flutuasse numa verga

e as âncoras baixassem na tristeza
ou tristes conduzíssemos o peso,
mais a desolação da carne, a intensa
gravidade das coisas, homem preso

ao mínimo das águas, desatento
aos astros, aos planetas e se alterna
mas é somente febre disparada.

O sonho, o frágil corpo, os elementos
navegam as mudanças subalternas
e os nadas de espuma, em puro nada.

TARTARUGA

Quando a tristeza é tartaruga e dorme
sobre os olhos exaustos e pesados.
E é mais tristeza ainda o que consome
aquém dos olhos. Dentro, nos sobrados.

Quando a tristeza é bem maior que o homem
e mais espessa, com tendões amargos
e a tartaruga se levanta enorme,
enorme, enorme. E a tristeza é o tardo

movimento das patas e do abdômen.
E há um gemer redondo e pesaroso
que ressona, ressona, e como um óleo

confunde-se ao corpo, com seu gonzo.
Quando a tristeza é bem maior que o homem
e ele transporta um morto dentro de outro.

CLARA ONDA

Este amor em meadas e triciclos
que nunca se divide, confluindo
e torna noite este sapato findo
e o firmamento, silencioso ciclo.

Este amor em meadas, infinito.
Em meadas de orvalho, desavindo,
em meadas e quedas, rugas, trincos
e rusgas, trinos, pios e sóis contritos.

Este amor me retece e configura.
Tem pressa de crescer, fogo calado.
Apenas queima, quando não se apura.

Parece interminável, quando tomba.
E só se apura, quando despertado.
Dissolvido me solve em clara onda.

ÁRVORE QUE CANTA

O mundo concluído nesta folha
e a árvore que canta na ventana
e é continuação da casa, chama
de verde combustão, garrafa e rolha

de marítimo ar, onde se molha
o sobrado de passos, se derrama
ringido de chinelas, estas rolas
que murmuram na sombra que se esfolha.

O mundo concluído, violado
na árvore que canta na persiana
de um ominoso coração nomeado.

Na fronde da lua que se escoa
os estalidos saem das horas ramas.
E a folha, esta metáfora ressoa.

O DIA JOGADO

Que alma se encontra neste largo
de homens e coisas? Que alma ou fuso
intenta deslindar o ser confuso
que, estando adormecido, é apenas fardo?

Que alma será alma no seu alvo
e o mundo fustigado pelo uso
e a nossa ambição que jamais cruzo
sem que o sonho viaje no petardo.

Algum carvalho, a alma, algum penedo,
abelhas em ardume, gelosia,
uma pedra atirada contra o dia

e o dia jogado. Ali me quedo
para fora. A alma é uma demora,
uma terra inflada de papoulas.

DILÚVIO

A fábula da infância era a memória.
Lia sobre o dilúvio e numa escada
o mar descia, com a luz falava
e depois me seguia pela água.

O coração, um circo que se armava
com tolda branca branca, a mesma história
que em outra e outra se desenrolava.
Como parar a infância sem a glória

de tanta exatidão? Não há vitória
ao que parou na luz, sem saber onde
a graça vem, a escuridão se esconde.

Mas a criança é quem nos vê mais longe.
E atravessa a rua para a sombra.
Era a sombra o dilúvio, era uma pomba.

PALAVRAS JUNTO À PORTA

Como dizer-te, amor? Fui disponível.
Alimentei palavras junto à porta
e as hospedei num quarto, sob o nível
das estações plangentes. Era torta

a faca das estrelas? Cada gota
bondosa pelo sangue nos decide.
A chuva nos beirais, chuva nas vides
refloriam palavras quando mortas.

É pungente, aflitivo o que desprende
cada palavra gasta e a mais ausente.
Pungente é a coisa que nos sofre

e faz sofrer, espora. E cada corte.
Hospedei as palavras junto à alva.
O real no real se em(aranha)va.

A FOZ E O CURSO

Não sei de amor que amor me sabe a tudo
e dele o tempo move o seu contento
e não há perda quando amor sustento
e se desfaz a foz e o curso é mudo,

o curso é mais durável do que o mundo
e cerce o tempo: amor e banimento.
Acaba nos confins, da morte o cedro,
porém o amor aponta seu verdugo.

E amor não desalenta o que conserto,
por mais que o destemor nele se afronte
e natureza e amor é o mesmo vulto.

Não sei de amor que amor me sabe tudo
e tudo convenceu-me de estar longe
e de longe o mais perto que carrego.

LENHOS E PRADOS

Este cheiro de terra quando amamos.
E as chuvas que me entraram as narinas,
entram nos mortos. A eira se combina
e as flores de um só corpo acreditamos

mesclar-se às outras, com odores, climas
e nomes enfunados e estes gamos
que manam pensamentos e resinas
pelos lenhos e prados. Nos tocamos

no pólen e nas peles, umidades.
A funda terra chama as almas fortes
e os fundos corpos correm sonorosos.

Nenhum verdor de chuva nos invade
como este — cor, racimo, grão e pouso.
Que amada neste amor se faz a morte?

SOLO NATAL

Tracei no povo amado a tua face
como se algum rochedo contivesse
algas, ruído em milenária veste,
inumeroso assombro. E retornasses,

onde o solo natal nos adubasse
com as peras, uvas e maçãs silvestres
e fosse mapa sideral o ver-te
e bússola terrosa te apagasse.

Ou se povoando de limosas tréguas
ao povo em vela panda fosse treva,
a mais paciente. Armei de amor o lance

de sulco, história, sigiloso barco.
Mas pode haver amor que não alcance
os riscos de tua infância no retrato?

ESTE CAVALO

Achei de cultivar os intervalos,
os tenros amavios, amaritudes
e eis que me aparece este cavalo
e no seu casco vou, fui onde pude.

E o cavalo mastiga as inquietudes,
a minha aldeia, as avelãs, o halo
de sabê-lo montar mais amiúde,
embora queira súbito apanhá-lo

no seu momento poderoso, enorme.
Antes que se enverede pela tarde
este momento de beleza dorme

sobre o lombo, entre as patas e a selvagem
eternidade encolhe-se nas crinas.
E assim todo o intervalo se ilumina.

CAIXA DE MÚSICA

Toma esta caixa, amada. Tua é a música
e ouvi na tua carne, vezes muitas
e dos dias comigo, sua púnica
amendoeira de sons, tardias frutas.

Eu, caído no tempo, e resolutas
as forças do universo nesta única
dor com que te levei pelas fortuitas
potestades. Toma esta caixa, túnica

de indelével essência, nosso sangue,
os sonhos, os meus ossos sondarão
os epitáfios. Caixa de trovão

e das esferas, harmonia exangue.
Mais música nos anos que me deste
e nesta lágrima de amor terrestre.

NÃO CANSA O AMOR

Não cansa o amor nem fica descansado
o ser que ama e este amor criança
se torna rio com seu andar que avança
e se faz outro, quando transportado.

O amor apenas muda na esperança
que vai mudando nele, reparado.
Pode ser que decorra em água mansa
o plasma elementar de fogo e favo.

Pode o amor se exaurir, ilimitado?
Um animoso enigma, cava e cova,
jamais se cansa na redonda monda.

E se é mendaz ao forasteiro, sonda
aos que nele se ousam no resguardo,
habita um corpo antigo em alma nova.

O PESO DA TERRA / I

Qual o peso comigo nos enganos
que a sorte cativou por este engenho
e se avultou no capitel dos anos?
O meu peso conhece de onde venho

e o transportá-lo em mim, nos seus reclamos
me dá limites e grandezas. Tenho
apenas o que sou, sem nenhum ramo
de nomes. Mas o nome não é remo,

nem lona, nem brasão por onde estendo
o preito de meu berço. Não há pai
em nenhum nome. Porque pai se gera.

Os feixes de um engano, de uma guerra
entre o que sou e levo mas desvendo:
sob o peso da terra sepultai.

O PESO DA TERRA / II

E sepultai a dor que me escolheu
nos contrapesos e outra na mesura
de côvados e limas. A fundura
do coração tem cada palmo teu.

Sepultai os agravos. Quem perdura
é só misericórdia. Mereceu
o que está vivo e tinto neste breu.
Que tudo é graça e silvo, criatura.

Sepultai-me. Já vai bem rasa a bruma
e da misericórdia as altas heras.
Tudo o que é da alma se exaspera.

Não há noite nenhuma. Sepultai
o que é dela e de mim. A noite é o pai
e os dias, meus irmãos. Noite nenhuma.

SORTILÉGIO

Menino, adivinhei-me ao sortilégio
de um livro de gravuras. A linguagem,
sua távola redonda e o privilégio
de andar com os cavaleiros em viagem.

Não era Carlos Magno, nem a laje
premonitória, nem poderes régios
de um trono de maquinação, voragem
e gerânios vermelhos. No colégio

das armas quem falava, quem me ouvia?
E me sagrei no rio com Lancelote
e batalhei com os anjos de Rolando.

Depois adivinhado ardi no dia
do texto. Melodioso Dom Quixote
sem távola na morte pelejando.

VIRGÍLIO MARO

Recordo-me daquele adolescente
que debulhava a Eneida com o trigo
dos olhos deslumbrados. E o ardente
arado ao verso estringe. Verso e Dido

se amavam com Enéas redimido
e foi o povo Anquises complacente
a desnastrar os seus cabelos lidos
na página que ao fogo se consente.

E mais é consentido. O nobre talo
do sangue de Niso foi cortado.
Euríalo o vingou. Virgílio amaro

na dobra dos eventos. Quem consola
o verso nesse livro entrecerrado?
Caronte adolescente em desamparo.

ORFEU CAÍDO

Jorge de Lima é aquele que percorre
as coisas sem saber que as vai parindo
e as pare em dor, as cobre de sentidos,
até que as coisas no seu verso florem,

com ribeiros, penedos. Nele more
a ilha que nós somos, *bateau ivre,*
ou que seremos, quando Orfeu caído
possa se erguer na sede e em novo acorde.

Que mame o peito da lunada vaca,
desta maleita, infância e barro! Foste
palustre Homero! E entre as altas hostes

dos anjos, é que cada coisa lavra
a sua outra. Toda a dor se veste
de coisas. Morre a morte de tão breve.

DIMENSÕES

A
Eduardo Portella

Tua palavra exata, exata e clara
e de repente é rio atravessado,
de fundas águas, pela luz que o larga
adiante, intenso. Desce o pensamento

até correr no texto aprisionado
ao eito da palavra que se cala,
— do chão da fala para o que a linguagem
carrega em turbilhão de foz e margem.

Tua palavra exata e a crença nela,
a crença na matéria comburente
de cada coisa dita ou balbuciada

num ato de viver e transmudar
em tempo o seu silêncio. E acordar
o texto, deixá-lo agudo como um animal

que vai subitamente amanhecendo.

[Lisboa, outubro/dezembro-1982]

PARIS (1989)

Paris, os dias chamam sobre a palma
do teu sol escondido, negro e frio.
A minha alma se estende à tua alma
pelas ruas, fluímos junto ao rio

Sena. Montmartre, Nôtre-Dame, a calma.
Pavio aceso, o poema nos pariu
como chamas despertas sobre a cama
em Arco-do-Triunfo. E este fuzil

de céus já vulnerados, confluentes.
E chamam os dias nos poentes.
Pelos quartos de hotel, pelo Metrô

nossas mãos familiares se entretêm.
Nossas almas e corpos, este trem.
Amor, amor teu fogo nos raptou!

HERBÁRIO

A luz demora o tempo necessário.
O amor demora igual à luz e morre?
Não há candeia semelhante à torre
da lua sobre as águas. Éguas, baios

a pascer juntos. Onde amor, não caio.
E é jovem o rio no tempo jovem.
Como prever o orvalho, a luz que escorre
nos teus cílios sonâmbulos: herbário?

Este soneto escrevo com teus olhos.
Pode a luz ser ambígua nos espelhos
e convexa no pé de azuis repolhos?

Infantes, complacentes e tão velhos,
espelhos somos de um a outro instante:
apenas onde a luz nos leva adiante.

SERÕES DE SENTIDOS PLENOS

Tantas viagens eu vi
na dobra de teus cabelos,
que me fizeram partir
e depois voltar por eles.

E são domados os elos
deste anel que em água flui
e em fogo. Posso perdê-los,
se não gozá-los em ti.

Na dobra/cobra dos joelhos,
vagas, serões, sertões, seres
percorri. Hei-de mugir

com os bois, os sentidos lerdos.
Não tenho mais aonde ir,
salvo no amor que me deres.

FORMOSO É O FOGO

Formoso é o fogo e o rosto
da amada junto a ele.
No lume de seu corpo
tudo em redor clareia.

Depois o que era fogo,
é espuma que se alteia.
E o mundo se faz novo
nas curvas da centelha.

Já não existe esboço,
mas desenhos, e teimam
— unos e justapostos.

Já não existe corpo:
são almas que se queimam
no amor de um mesmo sopro.

A CASA MEMORIOSA

A casa é onde o mundo se represa
sem ser hostil, os costumes na arca
e roupas, animais na tíbia barca.
E as leis, orquídeas na parede, coesas.

A casa é o homem junto a outro, marca
que a liberdade torna mais retesa.
Dunas e vagas na varanda, mesa,
areia e sonho mas a cama é larga,

enseada rumorosa, onde a amada
embarcação se faz e oceano vindo
e retinindo em límpida jornada.

A casa é a amada e o mundo a sua soma,
a sua entranha: o tempo se carpindo.
Pela memória, a casa sempre é outra.

SINTAXE

Eu me acrescento aos rios e os rios me descem.
E me acrescento aos peixes. Neles deito
e com os musgos preparo alguns projetos.
Nos liquens boto andaimes que florescem.

E me caso com as pedras, conchas e ecos,
onde as lesmas pernaltas se intumescem.
E me acrescento a todos os espécimes
que se aleitam na orla, entre os insetos.

Ovos de larvas, vespas renitentes
e os mais jovens orvalhos em resíduos
se acendem. Borboletas se acrescentam

à sintaxe de um sol intermitente.
E eu vento, vento algas e libidos.
E em rios me acrescento, onde não venta.

REPUXOS CEGOS

Cozi a infância nos barros iletrados
e era um forno a noite, um forno clárido.
Cosi a sombra com a palavra larva.
Cosi a estrela, a estrela sobre o nada.

Peguei a morte e a morte soluçava
nos meus ombros, ébria, desalinhada.
E penas tive. A morte não é dada
a estes repentes de mulher amarga.

Cosi a sombra no conselho dela.
Cozi a infância. Pus repuxos cegos
no analfabeto rio que transitava

perto das portas e era a minha casa.
E a vida se adiantava. Não falava.
E era na infância a paz mais sossegada.

OS FOCINHOS RUPESTRES

Desatrelei do nome o seu jumento
e do nume, o jumento vacilante.
Ficaram a pastar nos meus instantes
e depois os larguei para escarmento

dos séculos em mim. Ainda comento
os focinhos rupestres, quase arfantes,
os baraços que desatei no mento
e as patas. Os jumentos viandantes

entre genealogias e excrementos.
A glória tem seu feno e seu rebento
e do nome, rebenque. Desordeno

os pêlos de uma glória satisfeita
e os de outra, rangente. E mais sereno
o jumento do tempo que se deita.

DORMIREI DE NOVO

Épico fui de bois e de andorinhas
com o pampa no peito atravessado.
A fala de meu povo na bainha
como espada cavada no guardado

sotaque. Clandestino é o seu estado;
a relha, este meu povo, donde eu vinha
e aonde seguirei desatinado
e eterno. Com a noite se avizinha

e só na claridade visitado.
Meu povo é quando acordo, esta neblina
e dormirei de novo neste indício

de pátria e de loucura na retina.
Épico fui, serei no claro limo.
Um povo ao alto cimo: revelado.

A BICICLETA

A bicicleta de sóis que pedalava
pela calçada de um futuro insano,
era um menino que outro carregava
na lua, bicicleta pelos ramos.

E aquela que no tempo levitava
e a outra de Deus nos desenganos.
Bicicleta que aos corpos conjugava
e a desta alma roída nos seus planos,

na fera imperfeição. De seu pedal
o mar e a preamar forma um só gomo
de azuis, velocidades, tombos, mitos.

E do seu aro estranho, nasce o sono.
Da roldana, a agonia, seu ritual.
Os pés na vida, os pés no próprio grito.

AS UVAS MUSICAIS

Quem veste meu pijama sossegado
e a fatiota suspensa no conforto
e o motor tem de nau desencalhado
junto à gruta dos ossos, a estibordo.

E me substitui quando em desgosto
e na minha alegria é contentado
e na máscara tem o mesmo rosto
ao repouso se torna repousado.

Quem assume os papéis, caligrafia,
a foto natural, a freguesia
de minha profissão de solitude

e fúria? Quem é o sósia que transporto
ou me conduz? Há muito que estou morto
com as uvas musicais, um alaúde.

POEMAS E SAPATOS

Nada tenho de meu, nem os sapatos
que vão acompanhar este defunto.
Nem tampouco montanhas e regatos
que habitaram o verso, nem o indulto

pode valer-me, o soldo, mero extrato
de contas. Nada tenho, nem o intuito
consome esta vontade ou desacato.
Desapareça o nome, seu reduto

de carne e bronze, a fome incorporada
e mais desapareça onde fecundos
são dias e são deuses nesta amada.

Não foram nunca meus — sonhos e fatos.
Nada tenho. Poemas e sapatos
irão reconhecer-me noutro mundo.

SINETA

Cada minuto indene sob o cerro
com o corpo nulo, imprevisível.
Cada minuto e seu girão possível
na mente morta morta. Em alma erro.

Cada minuto foi lacrado em selo
sob os fundões audíveis, inaudíveis.
O corpo ainda conspira sobre o meio
de ser pó quanto antes, reversível

em mechas de crisântemos, cometas.
Torna a terra no corpo, esta paragem
e minuto a minuto de moagem

perenemente tange com a sineta.
O corpo ainda conspira e se ressente
pelas voltas da terra na semente.

ARTIGO DE MENOR AFLIÇÃO

O dia seja leve passarinho
neste corpo tocado pelo trote
da noite tão mais leve, de mansinho
e aceite o que ela traz no rosto forte

de minha avó na morte, igual ao mote
repetido sem pompa ou desalinho.
Não renunciei a nada, nem ao linho
da escuridão, nem outro, de consorte.

Mas renunciei a tudo por artigo
de menor aflição. A posse é isto.
A posse não se enquadra no que é visto,

sentido, amado. Renunciar contigo
é uma posse às avessas, morte adentro
e aceitá-la nos faz com ela, verdes.

AVAROS

Os companheiros de colégio, donde
regressarão, guris de minha rua?
Estão alguns calados sob a lua,
clarabóia, farândola. E se escondem,

outros, neste comboio que recua
e vai adiante. E é o mundo, embora ronde
com lobos o meu anjo (que fulgura
de banda e foge). Muitos estão longe,

nas asas de Gerião podando o mirto
de alturas predispostas. Cativados
alguns, no eito de semanas, hirtos,

por entre girassóis e desagrados.
Meus companheiros de colégio, avaros
na sala implume. Tento convocá-los.

BORREGOS E MESES

Chamei os nomes. Por que os nomes jorram
como baldes lançados neste pego?
E se desovam. Todo o desapego,
uma videira. Cílios, grilos choram

pela musgosa telha. Surdo, cego
é o tempo nos enxertos que se escoram
aos nomes. E essa teta de borregos
e meses. Porque os símbolos não moram,

emigram. Porque os símbolos consolam
o coração na sombra. Onde foram
as larvas, os instantes? Mestre em calma

e fogo, onde as árvores e as lavas
se ordenam? Onde as senhas, onde a alma
de nomes e semblantes na palavra?

CABRAS MONTESES

Os meus filhos à escola, muitas vezes
nos dias pandorgas, amarelos,
puxei-os pela mão. Do ritornelo,
capas azuis tiritam. Siameses

e plácidos. Os três como novelos
de madressilvas e manhãs e adeuses
letivos e fluviais. Há que contê-los
desde a nascente à foz, cabras monteses.

Há que contê-los, cordas de violino
rascantes, torrenciais, onde me asilo
em húmus, ventas, vida em burburinho

comigo e deles — vida neste silo.
E livros, aulas, nuvens intervindo.
A mãe eternidade os vai parindo.

MONJOLO

Acreditei no amor, este monjolo
esta seqüência pertinaz, isenta
que foi história e coma na cinzenta
trituração. No amor não há consolo

a quem ama. Constringe o espesso joio
para cevar o evento que rebenta
do próprio ocaso e deste amar de rojo.
O monjolo da infância mais sedenta

que a maleita maleva. Tenho sede.
O monjolo do corpo noutro, dentro;
monjolo da paixão e das calendas.

Monjolo, Deus. Monjolo, onde me esqueço.
Fração nenhuma apraz nesta moenda.
Fração alguma. Amor na morte aumenta.

JAVALIS MIRACULOSOS

Triturante destino, triturado.
No mesmo engenho que se faz moroso,
os búfalos escorrem desatados
e morre um homem, quando venturoso.

E um povo, cravo se ergue e um outro, cardo.
Entre eles, javalis miraculosos
e jônios. Deita o verso em pasto amargo.
Com o povo levanta-se formoso.

Segue a trituração de mim perante
a roca, rocha viva, o que deploro,
sorvido. E me desgasta além, de novo.

Triturado destino, triturante.
No tântalo do peito este monjolo
batendo, batendo. Eis o meu povo.

CLAVICÓRDIO

De minha ambição? Nada. O tenro solo
de clavicórdio e sol e grão. Presumo
ao menos do que fui, dorso de fumo
e do que conquistei, nenhum consolo

amigo, amor. Ontem, hoje, rebolo.
De ambição e de altura me consumo.
No caos a morte apenas desenrolo
com a ponta deste velo, o seu resumo.

Minha ambição se faz diversa ordem,
diversa instigação. Não mora o ódio
por onde vinga o mar, o seu mugido.

Minha ambição nas garras de um gemido.
Porém o amor é o solo que me explode
o seu compasso em ave, clavicórdio.

RIO ENCARCERADO

Até o ar nos molha quando vem
o teu vagar no meu, desamparado
e a corrosão da morte se detém
e o tempo noutro tempo faz arado

em nosso corpo, amada, cultivado
no ar de tanto amor e muito além
da existência de um corpo, este refém
e como o ar, é rio encarcerado,

à procura da alma. Mais pressente
o amor acumulado no celeiro
de estarmos em nós. O amor aprende

a mergulhar intenso. Confluente
é o manancial do corpo no ar, trigueiro,
quando o tempo no tempo se distende.

LENTIDÃO DO ARVOREDO

Como é doce o teu corpo
junto à lareira. Na febre
o sossego está desperto
com as ancas e os lentos seios

como se fossem gorjeios
sobre a varanda e o peito
e os bambuais vão crescendo.
E é doce a tua boca e o ventre

pela escuridão sorvendo
de gozo as alegres gotas.
E é doce ir-te amando toda

na lentidão do arvoredo,
que as pernas tácitas deitam
ao verde arroio silêncio.

O SOM, A PALAVRA, O GRITO

A tua ausência me fere
e faz crescer pelo orvalho,
a relva do que não queres
e o cuidado no que falo.

E faz crescer pelo galho
da noite um maduro figo,
faz cantar o pintassilgo
lá na vereda do vale.

Tua ausência aperfeiçoa
o meu amor e consigo
agora ver como voa

o céu e a terra contigo.
Tua ausência aperfeiçoa
o som, a palavra, o grito.

VASSALOS

Como é poroso este fogo
que pela tarde se evola,
com sua fulva corola
e os sazonados fojos,

— um e outro — sobre a borla
de tempestades e sorvos.
De brisas, coisas e ouros,
o nosso corpo se solda

na mesma procura — é onda,
na mesma enchente, vassalos
de outro som, o nosso tempo

mais alto que os pensamentos,
mais veloz do que as estrelas
e seus potentes cavalos.

NUDEZ

O mar entrava nos cachos
de teus recatados seios
e eram cachos os cabelos
de chuvas e sóis. No meio

das vagas colhia as uvas
maduras, de pura água
que deixavas pela areia.
O mar rumoroso vinha

entre as coxas e a cintura
e é a água que flutua
na tua nudez, caía

por debaixo de tuas vinhas
secretas, de som e lua.
E à luz do azul te avizinhas.

AMAR NA LUZ

Amar na luz ou à sombra de um cometa,
com o tempo fungível, fugitivo.
O barulho das ondas afugenta
o que restou de mim sob o rochedo.

Amar com as horas todas, aturdindo
os corpos nus, as almas, os sentidos.
E perceber que a amada está fluindo
até o som, e aos peixes perseguindo.

E é por isso que neles vou descendo
e não sei se é amor, que já me invade,
ou por ele que morro em toda a parte.

Ou terei de morrer, se já me fogem
as vagas de um viver, que à vida solvem,
apenas por estar com o amor fluindo.

ARCO-ÍRIS

Era um anel de terra
e mirto, anel contido.
O que te dei, preserva
com chama, o arco-íris.

Um anel de folhas
e vaga-lumes trigos.
O que te dei, secreto,
Elza, para sorrires.

Um anel de tréguas,
entretecendo mitos,
que abrange sem alarde

a rua, a lua, a tua
mão e os dedos findos.
Anel de eternidade.

DIAMANTE

Onde a caligrafia do menino
nesta letra puída, dissonante?
Endureceu o homem, diamante
e se amoldou doído, cristalino,

o dia dormitando, flutuante.
O homem lapidado, mais ferino,
represo, muitas vezes titubeante
no cardume de numes e de sinos.

E máscaras, as letras conformadas
com os timbres nos olhos e os acentos
e este solar de barro reclinante

nas maiúsculas letras, no fermento
do mar, as linhas pobres, os pescados.
Mas o menino é o mesmo, fulgurante.

ESCARPA

Tosar limites busco nesta pedra
e andarilhar por eles venturoso,
que fui perene, enquanto estava ocioso,
sabendo como o tempo se sujeita.

Tomar limites, quando o amor aceita
nascer de novo, por nascer copioso
e breve. Nos limites se concentra
por ser a liberdade que desposo.

E ser a que sepulta o que me mata
e ressuscita a morte debruçada
e faz da morte, uma inocência intacta.

Prender limites como quem se escapa
— a terra é farta — pedra a pedra, escarpa.
Livre, livre, mais livre. Conflagrada.

ROCINANTE

Comecei a escrever o mar em mim
como se algum coral nos arrimasse
no dicionário imemorial e a face
ficasse impressa com seu próprio fim.

Ou me fosse escrevendo e me calasse
no silente epitáfio ou neste sim
emerso de algum não, se o mar rasgasse
diáfano papel com seu rocim.

Rocinante diáfano, maré.
Comecei a escrever e a caminhar
co'as vagas. Na salsugem lavrei fé.

Escrevinhei nas rochas este mar.
Escrevinhei-me junto e me entrevi.
Outro mar me escreveu. Rolava em ti.

A UM PASSO

Eu, a um passo de tudo mais vacilo.
O tempo é um tocador febril e velho
no fiel espelho. Ordeno-te, destino!
E saio neste amor, do cativeiro.

Amor, acolhe a quem não busca esteio
e já te protegeu igual a um filho.
Eu vi na morte o teu furente brilho
e a morte não é mais do que um menino.

Metamorfose: assisto ao mesmo circo
com saltimbancos no fio do poema
e sou equilibrista do que assisto.

Eu, a um passo de tudo não vacilo.
No amor provei a luz, provei as penas.
Mandei a morte toda para o exílio.

ÁGUA-FURTADA

Fogo de Deus em ti, fogo insubmisso,
imoto, genital e semovente
com as estrelas, cores, flores, bichos
junto ao bosque celeste, entre as potentes

dominações de arcanjos. No indiviso:
esta água-furtada adolescente,
o mundo. Desde a infância se ressente
em pétalas o fogo, desde os frisos.

O fogo em ti é Deus que se pressente
humano ou que retorna ao paraíso
queimando. Nem o choro, nem o riso

em odres carregados e se somem.
Que pode o coração, que pode o homem?
Que pode o homem contra a eternidade?

QUANDO A MANHÃ RETARDA

Perfaz a morte o último ponteio
e o bem de possuir o que nos salva
ou de ganhar, perdendo, o pesadelo
de toda a criação. A noite é escrava

do seu próprio valor, do seu anseio
de transmutar, quando a manhã retarda.
A morte vem mais cedo sob a calva
da vida minuciosa que nos veio.

A morte em teu amor faz com que cresça
a eternidade e a eternidade espreita
e aflora ao sonho e é tão real cumprida

e pelo amor somente depurada
e só no amor o império que deslinda,
pois a morte morreu afortunada.

O NEVOEIRO CEGO

Amor, esta neblina sem aposta,
esta neblina férrea, esta neblina
trancada em si mesma, sobreposta,
que principia mas nunca termina

em almas ou memória que germina
nos andaimes do corpo pela encosta.
Este veleiro cego vai, se inclina
no nevoeiro mais cego. Não há rota

igual à condição que se faz nossa
ou que, amando, se esqueça na neblina
de estar em ti, buscando a sombra morta.

Ou recriada, amor, gota por gota
se torna na lembrança o que confina.
E que a lembrança venha. Mas pereça.

QUANDO

Quando verei a morte se acabar?
Quando se acabará a morte? Quando
vai a agonia cúmplice estancar
na secreta agonia, se apagando?

Jamais verei a máscara calar
o amor obstinado. Triunfando
a alegria na dor, terá comando
o que na pedra pôs o seu lugar.

Quando verei o amor se avizinhando
e da íntima terra rebrotar,
como se a morte nela apenas fosse

o sarro que engoli, um rosto doce
a seu flavo chamar? A morte quando?
Então verei a morte se acabar.

O MAIS SOFRIDO

Amar que só perdoa ao mais sofrido
e sabe o gosto de viver, o gasto.
E não procura recolher o saldo
e nem esposa o que esqueceu, perdido.

Amar que só perdoa o ser banido,
atirado no caos, do caos exausto.
Para o que é luz não ficarei retido,
nem dormirá na morte, o que refaço.

Nem em mim dormirá este inclemente
espaço de te amar e apenas larva
de outra eclosão maior, de ser contíguo

ao paraíso. Muito amei consciente.
E só o amor vivido que nos salva
e, amada, permanece o que está vivo.

A LUZ NÃO SE CONFORMA

Não há nenhuma sombra
que amor possa reter.
O rocio se delonga
e é relva o acontecer.

A luz não se conforma
com a noite a se mover.
Toda a dor não tem forma,
enquanto não morrer.

A lembrança é inodora
e a memória não vê.
O futuro é memória.

O tempo vai crescer
no corpo da viola
que a semente bater.

NO IMÓVEL REDEMOINHO

A luz desceu tão repente quanto
era possível fluir a luz do dia.
E eu não passava de um clarão do instante
que o raio sibilante conduzia.

Não era mais do que um solver radiante
de escasso tempo sob o curto manto,
no imóvel redemoinho. Em luz rugia,
e à sirga me arrastava o ser vivido,

velas soltas na aurora. Entretecido
fui, serei. Balão inflado e infindo,
hei-de subir, descer, descer-subindo.

Em dura escuridão: terei florido.
Delimitei na luz todo o conflito
de amar e perecer, estando vivo.

CRUEZAS DA FORTUNA

Sou um homem. Tocai-me, confinado
e efêmero. Cruezas da fortuna.
A carne é tão pungente e se coaduna
ao sonho pelo amor transfigurado.

E pelo amor tangido, revogado.
Sou um homem no juízo e de alma una
com o universo. Parvo chão de alguma
virtude transitória, alvorotado.

Pequeno, mais tardante que baldado,
com danos pela sorte malferidos
e pelo desconcerto na piedade.

Pequeno e poeira e travo. Quem nos há-de
poder bastar, gravosos e falidos?
Sou um homem. Não mais. Um desgarrado.

SONETO AOS SAPATOS QUIETOS

Os pés dos sapatos juntos.
Hei-de calçá-los, soltos
e imensos, e talvez rotos,
como dois velhos marujos.

Nunca terão o desgosto
que tive. Jamais o sujo
desconsolo: estando postos,
como eu, em chãos defuntos.

Em vãos de flor, sem o riacho
de um pé a outro, entre guizos.
Não há mais demência ou fome.

Sapatos nos pés, não comem.
Só dormem. Porém, descalço
pela alma, é o paraíso.

COLOFÃO

ESTE LIVRO DE SONETOS foi escrito — na sua maior parte — de novembro de 1978 a junho de 1979, em Porto Alegre, RS. *Roda do dia (monjolo)* foi seu título inicial, ou conforme o *Novo dicionário,* de Aurélio Buarque de Holanda, e o *Dicionário etimológico,* de Geraldo da Cunha: "*Monjolo.* Bras. MH e S. Engenho tosco, movido a água, usado para pilar milho e, primitivamente, para descascar café."

E esse ato de moer, pilar, descascar, triturar não seria o que Shakespeare denominou "a guerra do tempo"? Mas ficou, como título geral, *Amar, a mais alta constelação.*

Refaço este Colofão e incluo alguns sonetos novos, na mesma comarca do País, o Pampa, em 7 de maio de 1987. E dois anos mais tarde, março, nesta terra do Espírito Santo, brotou "O mais sofrido". E em 23 e 24 de junho, do mesmo ano, mais sonetos vieram, entre eles, "Soltos de imensidão" e "Soneto aos sapatos quietos", postos junto às pedras iniciais deste livro. Outros, em viagem. Dou fé e subscrevo. Vitória, 12 de dezembro de 1989.

CARLOS NEJAR

Este livro foi composto nas oficinas da
ALVOPRESS INFORMÁTICA, SERVIÇOS E SOFTWARE LTDA.
Rua São Luís Gonzaga, 2.085 — Rio de Janeiro, RJ
e impresso nas oficinas da
LIVRARIA JOSÉ OLYMPIO EDITORA S.A.
em fevereiro de 1991

ANO DA V BIENAL INTERNACIONAL DO LIVRO
(Rio de Janeiro, 28 de agosto a 8 de setembro)

*

Bicentenário do nascimento de
Franz Bopp (14.9.1791 — 23.10.1867)
Bicentenário da morte de
Wolfgang Amadeus Mozart (27.1.1756 — 5.12.1791)
Centenário do nascimento de
Elmano Cardim (24.12.1891 — 19.2.1979)
Jackson de Figueiredo (9.10.1891 — 4.11.1928)

*

Centenário de fundação do *Jornal do Brasil*, Rio de Janeiro (9.4.1891)
60º aniversário de fundação desta Casa de livros (29.11.1931)

CÓD. JO: 02536

---

*Qualquer livro desta Editora não encontrado nas livrarias pode ser pedido,
pelo reembolso postal, à LIVRARIA JOSÉ OLYMPIO EDITORA S.A.*

Rua Marquês de Olinda, 12
22251 Rio de Janeiro
Tel.: (021) 551-0642
Telex: 21327

Av. Lins de Vasconcelos, 3.097 - conj. 33
04112 São Paulo
Tel.: (011) 575-9338
Telex: 22074